푸른시선 107

풀잎에서 별까지

풀잎에서 별까지

초판 인쇄 · 2016년 9월 30일
초판 발행 · 2016년 10월 7일

지은이 · 장 선
펴낸이 · 한봉숙
펴낸곳 · 푸른사상사

편집 · 지순이, 김선도 | 교정 · 김수란
등록 · 1999년 7월 8일 제2-2876호
주소 · 경기도 파주시 회동길 337-16 푸른사상사
대표전화 · 031) 955-9111~2 | 팩시밀리 · 031) 955-9114
이메일 · prun21c@hanmail.net
홈페이지 · http://www.prun21c.com

이 도서의 국립중앙도서관 출판예정도서목록(CIP)은 서지정보유통지원시스템
홈페이지(http://seoji.nl.go.kr)와 국가자료공동목록시스템(http://www.nl.go.kr/
kolisnet)에서 이용하실 수 있습니다.(CIP제어번호: CIP2016022561)

푸른시선 107

풀잎에서 별까지

장 선 시집

 푸른사상
PRUNSASANG

▪▪▪ 서시

나는 아무것도 그 어떤 사람도 되고 싶지 않습니다
그저 나 자신이고 싶습니다

내 잎새 속에서 사그락거리는 바람 소리
당신 발 아래서 바스락거리는 낙엽 소리

달빛이 내려오는 새벽에는 서리마다 보석을 뿌려놓고
곧게 뻗은 줄기 은하수를 넘어 날아오르렵니다

꽃샘바람 지나가는 시절에는 가지마다 잎을 피워놓고
나 홀로 가렵니다 그리고 당신 홀로 두겠습니다

당신이 누구신지 모르지만
당신이 저인 것만은 아는 까닭입니다

··· 차례

서시 • 5

태백성 하나

귀향	19
사랑의 의미	20
잃어버린 마음	22
마지막 시련	23
하나밖에 없는 대문	24
풀잎에서 별까지	25
창조	26

메아리 둘

인연   31

너와 나   32

메아리   34

그림   35

꿈길   36

영겁   37

흔들림   38

나그네처럼   39

삶   40

■■ 차례

정적 셋

홍련암   43

산사의 무지개   44

노송   45

밤의 정적   46

뗏목   47

고향   48

초여름의 산사   50

ᄊ이야기 넷

스승의 정원　　　　　　　53

명주의 모험　　　　　　　54

동쪽으로 간 소녀　　　　　58

티티새의 추억　　　　　　60

소년　　　　　　　　　　64

산골 다섯

저녁   67

인시   68

안개   69

천둥   70

나비   72

초원   73

기도   74

명상 여섯

편백나무 숲길   77

바람   78

명상   79

섬   80

떠나는 새벽   81

바다의 얼굴   82

별하   83

대나무 일곱

마음   87

대나무   88

봉정암   89

망경대   90

묘시   91

바람과 달   92

불일암   93

그냥 가는 길   94

참나   95

어디로 갔을까   96

명경 여덟

마음밭   99

음력 시월의 달   100

초겨울   101

한울   102

백조   103

왜가리   104

겨울 호수   105

삼월이 오면   106

비밀 아홉

당신의 눈   109

비밀   110

사자좌   111

환희   112

고요   113

염주알   114

공작새   115

담 너머 길   116

봄길 열

숲 속의 봄　　　　　　　　119

달밤　　　　　　　　　　120

동백　　　　　　　　　　121

목련　　　　　　　　　　122

벚꽃　　　　　　　　　　123

달빛　　　　　　　　　　124

허공　　　　　　　　　　125

명사십리　　　　　　　　126

봄에 만난 사람　　　　　127

봄날의 이별　　　　　　128

그리움　　　　　　　　　129

작품 해설　영혼의 노래 또는 적멸의 시학　김봉군 · 131

태백성 하나

귀향

단풍잎 다 떨구어낸 빈 숲에 앉아
나는 이제서야 싹 하나를 피웁니다

어느 우금길로 헤매어 다니다가
이제사 내게로 돌아왔는지요

무엇이 그리워 목마르게 찾아다니다가
이제사 그림자를 떨구어내는지요

별빛 다 저문 아사의 뜰에 서서
나는 이제서야 등불 하나를 밝힙니다

어느 에움길로 도닐어 다니다가
이제사 당신을 만났는지요

누구를 못 잊어서 발돋움하고 기다리다가
이제사 어두움을 걷어내는지요

사랑의 의미

당신을 만나고서야
사랑의 의미를 알았습니다

이슬 속에도
안개 속에도
구름 속에도
물이 흐르고 있었습니다

누가 와서 떠 가도 마다하지 않고
어떤 장애물이 있어도 불평하지 않고
낮은 곳으로 굽이굽이 흘러내리는
물이 내 안에도 있었습니다

이것이 사랑인 줄을
나는 당신을 만나고서야 알았습니다

결단도 신념도 아니고
약속된 인식도 아니었습니다

그저 푸른 허공인 줄을
영겁의 심해(深海)인 줄을

이것이 사랑인 줄을
나는 당신을 만나고서야 알았습니다

잃어버린 마음

사향노루 향내 나는 가을 산길을 내려오다
나는 마음을 잃었습니다

우물의 깊은 안쪽 벽같이 빈 영혼이
나리는 어두움에 젖습니다

문풍지에 뚫린 낡은 구멍 같은 가슴이
높바람에 잔가지처럼 부서집니다

나는 또 어느 도래길 끝에서 청옥 같은
당신의 마음과 다시 만날 수 있을까요

당신께서 주셨던 초롱불 같은 미소를
어느 훗날 다시 찾을 수 있을까요

마지막 시련

발목 하나 누리 한가운데에 걸어 매고
정오의 천공을 향해 더듬어 올라가서는
머리를 거꾸로 박고 시계추처럼 떨어졌습니다

하늘이 빙글 돌아 땅이 되던 날
이렇게 나는 다시 태어났습니다
이것이 마지막 시련이라고 그분은 말씀하셨습니다

인적 없는 저녁 호수에서는
백조의 울부짖음이 수목을 떨게 하고
검푸른 태풍이 물보라를 일으키며 달렸습니다

흰 동그라미처럼 물속에 머리를 박고
빈 길로 난 황홀한 허공으로 물들기 위해
지는 태양과 함께 나는 날마다 죽었습니다

쏟아져 내리는 별빛 아래 대자로 누워
겨울은 홀로 뼛속으로 사무쳐 왔습니다
이것이 마지막 시련이라고 그분은 말씀하셨습니다

하나밖에 없는 대문

세상에는 큰 길이 하나 있었습니다
하나밖에 없는 그 길에는
하나밖에 없는 대문이 있었습니다

밖에서는 겨울이
무거운 옷을 벗어버리고
꽃잎 위에 앉아 향기로 물들고 있었습니다

그리로 나가 그는 생각을 뿌렸습니다
생각은 한 장 한 장 바람결에 떨어졌습니다
쓸고 쓸어도 또 떨어져 내렸습니다

바람이 잎새들을 다 거두어 가자
무늬 없는 빈 주머니 가지에 걸어놓고
그는 대문으로 돌아왔습니다

대문 안으로 난 끝없는 길 위로
그는 휘파람처럼 걸어갔습니다
수정 같은 눈송이들이 축복처럼 내렸습니다

풀잎에서 별까지

중천에 걸린 반달이 찬 호수 위로 떨어지던 초저녁
서쪽 하늘에서 태백성이 우주의 문을 여니
눈부신 허공이 눈 속으로 들어와 실상의 세계를 보여준다

천상의 소리 입에 물고 천지를 오갈 줄 아는 새들의 능력을
물수제비뜨며 활주로를 내려앉을 줄 아는 오리들의 묘기를

깃털을 돛처럼 부풀어 올리고 날카로운 눈매로 살피며
가족과 함께 노닐 줄 아는 백조의 황제 같은 위엄을

산보 가는 줄 알고 흥이 나서 맴을 도는 강아지의 마음을
별처럼 아름다운 수많은 나무들의 살아가는 법칙을
각양각색 한량없는 사람들이 노을처럼 완전무결함을

풀들의 잎새 꽃 안의 꽃술들 이 우주의 사소한 것들까지
신비로운 지혜와 오묘한 힘과 섬세한 기술을 갖추고 있음을
그것이 깨달음임을······

창조

우리는 수많은 세상을 만들어냅니다
나는 나대로 매 순간 만들고
당신은 당신대로 매 순간 만듭니다

　　새는 새대로
　　물고기는 물고기대로
　　벌레는 벌레대로
　　꽃은 꽃대로

세상 모든 도서실의 모든 책들보다
더 많은 이야기들을 만들어냅니다

　　산은 산대로
　　대지는 대지대로
　　강물은 강물대로

인간이 그 위에서 살아온 이후로
두렵고 고통스러워 하소연을 합니다

이 수많은 내가 만드는 세계가
또 수많은 남이 만드는 세계와
다가서고 멀어지고 비껴가고 부딪칩니다

메아리 둘

인연

우리 다시 만날 적에
엊그제 헤어진 듯 만나겠지요
우리 다시 헤어질 적에
하제 다시 만날 듯 헤어지겠지요

우리 다시 만나지 못하는 날
사원 초의 눈물 자국을 닦아내시며
고향으로 돌아간 저를 알아보시겠는지요

피고 지는 꽃들이
돋고 떨어지는 나뭇잎들이
그리고 머언 먼 저 새벽별들이
저임을 알아보시겠는지요

감싸 안은 마음 끝 선까지 비쳐 보이는
투명한 달님이 저임을 아시겠는지요
당신을 휘돌아 영겁으로 불어가는 바람이
저임을 아시겠는지요

너와 나

저기 동쪽 끝에 네가 있고
여기 세상 끝에 내가 있어
해가 뜨고 달이 지며 우리가 돈다

내 안에 물이 있어
강물이 네게로 흘러가고
네 안에 불이 있어
따뜻한 기운이 내게로 온다

우리 안에 숨결이 있어
숲에선 바람이 일고
우리 안에 흙이 있어
허공은 그리움처럼 푸르르다

눈 감으면 별 하나
내 가슴에 뜨고
내가 너를 우주 너머로 보나니

네가 없이 내가 있을까
내가 없이 네가 있을까

메아리

내가 별이 뜨는 밤 호수를 바라볼 때면
당신 마음으로 은물결이 메아리 되어 흘러들고

당신이 새벽 들꽃의 향내를 맡으실 때면
내 마음으로 꽃내음이 메아리 되어 흩날립니다

내가 떨어지는 빗방울을 하염없이 바라볼 때면
내 영혼의 메아리가 당신에게로 와
수천 개의 꽃잎을 피우고

당신이 솔잎에 물든 파란 천공을 바라볼 때면
당신 영혼의 메아리가 내게로 와
환희의 숲을 이룹니다

그림

세상이 사라지지 않도록
나는 허공에 금강석 같은 별들을 그려 넣었습니다

밤이면 밤마다 사그락거리며 옷을 벗고 입는
달도 그려 넣었습니다
새벽이면 새벽마다 머루 같은 어둠 속에서 피어나는
해도 그려 넣었습니다

빈 숲에는 명지바람에 잎날리는
키 큰 나무들을 그려 넣었습니다
갖가지 새들의 노래도 가지 위에 그려 넣었습니다

내 마음에는 당신이 남기신
노오란 작약꽃 향기를 그려 넣었습니다

내가 떠나면 내가 그린 이 세상도 사라지겠기에
나는 떠날 적에 이 세상을 가져가렵니다

꿈길

잡았던 손 살그머니 놓고 당신은 가셨습니다
구름다리 건너 나도 하늬길로 가보았지만
기억은 새처럼 날아가버리고 말았습니다

그래도 우리는 공간과 시간을 가로지르며
바다 같은 인연의 길섶에서 거듭 만났지만
당신은 늘 모래시계처럼 떠나가셨습니다

이 세상에서 당신을 처음 만난 날도
새녘에서 온 번갯불들이 저를 가르고 갔지만
당신은 나를 알아보지 못하셨습니다

당신은 우주의 넓은 소매로 나를 품습니다
내 삶은 파도가 일지 않는 꿈속에 있고
당신은 물방울 같은 허공이니
무엇을 내 님이라 시방(十方)으로 헤매겠습니까

영겁

당신을 만난 순간이 영겁이었습니다
우리가 살아온 그 영겁이
눈앞에 지나가는 찰나였습니다

내가 당신을 보고 이름으로 불러주었지만
이름 안에는 아무도 없었습니다

범종 한 번 울리니 당신은 사라지고
청둥오리 울며 날아가니 나도 없습니다

생각은 번개처럼 세상을 가르며 갔습니다
당신을 만났다는 생각도
당신을 사랑했다는 생각도
그 아련한 향기만 기억 속에 남았습니다

흔들림

흔들림이 없으면 평안이 있을까요
평안이 없었던들
가슴 멍멍한 흔들림이 밀려왔을까요

지는 햇살 은빛으로 반짝거리며
마녁 하늘로 날아가는 한 무리의 별들

옛적에 내가 저런 새였듯이
옛적에 네가 풀섶에서 우는 벌레였듯이
우리는 그저 오고 간 바람⋯⋯

눈물이 없으면 미소가 있을까요
미소가 없었던들
함지박으로 흘러 넘치는 눈물이 고였을까요

나그네처럼

돌아서서 떠나면 되지 나그네처럼
산천도 접어버리고
마음도 접어버리고

초록빛 자락 깃발처럼 펄럭이는 별들을 향해
깊이 모를 남옥의 바다에서 불어오는 바람을 향해

돌아서서 떠나면 되지 나그네처럼
어제도 털어버리고
꿈도 털어버리고

삶

나린 길 따라 계절이 지나듯이
그저 한 세상 살면 되겠지요

밤과 낮이 함께 있어
사랑과 아픔이 함께 있어
한쪽만 깎아 없앨 수 없는 것이

이것이 우주의 법칙인 줄을 알면
기쁨도 외로움도
어깨동무하고 아우러져 가겠지요

정적 셋

홍련암

철썩거리는 바다 소리와 스님의 기도 소리가
고즈넉히 어우러져 새벽을 깨우니
은은한 실가람이 우주를 감돌아 흐른다

구름 흩어진 햇귀 속으로 나타난 아사의 해가
새녘 바다 위로 금강띠를 드리우니
망망한 배들이 빛살을 갈며 떠간다

산사의 무지개

누군가 하늘을 싸리비로 쓸었나 보다
흰 구름 고랑 위로 무지개가 거꾸로 박혔다
하늘이 땅이 되고 땅이 하늘이 되었나 보다

비도 오지 않은 청명한 허공에
쌍무지개 거꾸로 뜬 까닭을 물으시는가
그윽한 미소가 입꼬리에 걸려 있다

노송

노송 위로 반달이 떠오르니
금빛 자락 펼쳐놓고
삼세의 부처님들이 나뭇가지마다 오시었네

방울방울 떨어지던 감로수 곁에 와 앉으니
꽃 한 술 띄워놓고
나는 밤의 향기를 마신다

밤의 정적

정적의 깊은 심연에서 누군가 잠을 자고 있다
달빛이 들어와 가만히 그를 흔드니
가을 나무들처럼 깊은 눈을 뜨고
그가 나를 본다

내가 어두움 속에 있을 때 나는 빛이 되고
내가 목마름 속에 있을 때 나는 물이 된다

내가 진흙 속에 있을 때
나는 연꽃을 피울 수 있고
내가 나그네 되었을 때
나는 고향으로 돌아갈 수 있다

오로지 밤의 정적 속에서 내가 깨어 있을 때
내 정신은 별똥별 같은 이 찰나 위로
거대한 독수리처럼 날아간다

뗏목

강에서는 폭죽 같은 불꽃이 이는데
걸상 같은 뗏목 하나 나를 태우고
어느새 물살을 거슬러 올라간다

흘러드는 급류를 받아 안은 강은
어쩔 줄 모르고 너울을 일렁이는데
잔잔한 실개울에 띄운 종이배처럼
그는 나를 싣고 여여히 미끄러진다

꼬리 긴 파랑새가 무리져 날아드는
공원 앞에 나를 내려주고는
봄이 꽃을 피우고 말없이 가듯
그렇게 뗏목은 가던 길을 간다

고향

고향은 아스라이 멀어
아무것 없어도 그리움이 넘치는 빗소리 속에서만
잠시 엿들을 수 있는 음악인 줄 알았습니다

아무도 없어도 포근함이 넘치는 바람 소리 속에서만
잠시 엿볼 수 있는 환상인 줄 알았습니다

정이 교차되는 길목에서
세상이 잠시 고향처럼 보이더라도
본래의 집에 다시 돌아간다는 것은
있을 수 없는 일인 줄 알았습니다

물소리에 잠이 깬 산사의 밤
문득 내 삶이 수행이었음을 깨닫습니다
고뇌와 해탈이 함께 있는 것임을
방황과 진리가 함께 있는 것임을

고향은 아스라이 멀어
안개 속에서나 어쩌다 나타나는
다다를 수 없는 신화의 마을이 아니었습니다

내가 있어야 할 그곳이 고향이었습니다
내가 가야 할 도착지가 고향이었습니다

내 몸의 작은 알맹이들이 한울로 퍼져나가고
한울이 내 안으로 축소되는 그때가
고향이었습니다

초여름의 산사

산에선 바람이 나뭇잎새 속에서만 놀고
뜨락에는 석탑 하나 무료하게 서 있는데
법고 치는 소리에 폭풍이 인다

밤을 지키던 둥근 달이 두타산 위로 지려 하니
계수나무 아래 토끼 한 마리가 열심히
방아를 찧는다

땀 흘리며 올라간 관음암은 무릉도원이요
신선과 매화차 한 잔 하고 내려오니
향그러운 마음이 깃털 같으네

이야기 넷

스승의 정원

산신들이 오래 감추어두었던 옛터에 그분은 집을 짓고
물길처럼 트인 앞 허공으로 먼 길을 가는 산등성이들과
함초롬히 빛나는 마을을 내려다보았다

그분 안에는 금낭화 같은 해님이 있어
뜨락에는 나무들과 꽃들이 곳곳에서 와 등을 밝히고
일천억 개의 우주가 각각 일천억 개의 별들을 거느리고
그 둘레를 돌고 있었다

이 모든 천체가 하나의 티끌 속에 있고
이 티끌이 모든 세계로 확산되는 것을
시작도 끝도 없는 그때에 그분은 다 보고 계셨다

내가 그 별 하나 속에서 꼬꼬지 시절부터
불꽃 같은 청옥 잎새로 우듬지를 장식한
나무 한 그루를 애써 피우고 있는 것을
시작도 끝도 없는 그때에 그분은 다 알고 계셨다

명주의 모험

그녀가 서둘러 멧부리에 이르렀을 때는 이미 황혼이 지고 서쪽 하늘에 초록 별 하나 눈동자처럼 떠서 그녀를 지켜보았다. 곧 수없는 불을 밝혀 들고 밤 하늘은 소리 없는 기쁨에 넘치고 숲 속에서 일렁이던 소소리바람이 달려나와 살소매 사이로 파고들었다. 수평으로 뻗은 소나무 가지 위에서 부엉이 홀로 부엉거리고, 멀리서 여우 우는 소리가 들려왔다.

그녀가 피신처를 찾고 있을 때, 갑자기 부스럭 소리가 나, 그녀를 펄쩍 뛰게 했다. 횃불 같은 두 개의 눈이 무성한 수풀 너머에서 그녀를 보고 있었다. 하느님 맙소사, 호랑이구나! 돌아서서 달아나는 대신 그녀는 그만 무서움에 주저앉아 눈을 감고 다가오는 발자국 소리를 들었다. 이제 나를 떡처럼 집어 삼키겠지…… 시간은 흘러가다 돌뿌리에 걸려 멈추어 버린 듯했다.

"명주 아가씨, 저를 따라오세요!"
뜻밖에도 어린 소년의 목소리가 말을 했다.
그녀는 놀라 입이 벌어진 채 동자가 비추어주는 등불빛을 따라 덤불 속으로 나 있는 샛길을 걸어갔다. 옥색의 긴 목도리가 하늘로 올라가려는 듯 소년의 목에서 펄럭이었다. 별 조각 같은 반딧불들이 날아다니는 소나무 숲 사이로 구불거리며 돌 층계가 나 있었다.

달은 아직 떠오르지 않았건만 달무리 같은 빛 속에 싸인 절이 하나 벼랑 위로 나타났다. 일주문이 소리 없이 열리고, 나이를 알 수 없는 한 스님이 석탑 앞에 합장하고 서서 그녀를 기다리고 있었다.

법당 안에는 천장에 매달려 있는 수백 개의 종이 등이 내뿜는 빛 속에 금불상 하나, 연꽃 위에 불변의 자세로 가부좌하고 앉아 있었다. 스님의 목탁 소리와 기도를 들으며 그녀는 부처님을 바라보았다. 생각을 입가에 거시고 모든 세상사를 여여히 바라보시는 눈매에서 그윽한 달빛이 비쳐 들어와 남실거렸다. 그녀는 오래 이 고요함에 머물렀다.

순간, 단전에서 성냥불을 그은 듯이 불꽃이 타오르더니,

별빛 같은 환희가 가슴으로 번져나갔다. 스님이 그것을 아시고 말씀하셨다.

"스스로의 평화에서 세상의 평화가 오는 것이오. 밤은 짧고 갈 길은 머니 오늘 밤은 여기서 쉬시오."

승방에는 찻잔과 흙으로 빚은 따뜻한 주전자가 놓여 있고 벽에는 한 소녀가 빨간 연꽃 위에서 긴 목도리를 날리며 춤을 추고 있는 그림이 하늘색 바탕 위에 그려져 있었다. 소녀의 양쪽에는 두 동자가 황색과 청색 연꽃 위에 앉아 기도를 드리고 있었는데 그녀를 절로 인도하고 사라진 소년과 꼭 닮았다. 공중에는 태평소, 해금과 북이 연주를 하고 그들의 음악에 꽃들이 한들거리며 춤을 추고 있었다.

깊은 밤의 고요함 속에서 스님의 기도 소리가 여전히 들려오고 멀리서 오는 듯한 웅얼거림과 미묘한 아름다운 선율이 같이 조화를 이루었다. 이 모든 소리들이 점점 커지면서 다가오더니 마치 벽화에서 들려오는 듯했다. 그녀는 그림을 좀 더 자세히 보고 싶었으나 잎새가 나무에서 떨어지듯이, 꿈속으로 돌며 떨어졌다.

　별이 가득한 하늘 아래 산을 내려간다. 밤새 소리도 더
이상 들리지 않고, 폭포 소리와 산을 내려가는 물 구르는
소리만 울리고 있다. 축지의 비결을 알고 있는 도사처럼
그녀의 발길은 가볍고 빨라 발이 땅을 밟지 않는 듯하다.
스님이 주신 고무신 덕분일 거야……

　그녀가 깨어났을 때는 벌써 아사의 은빛 여명이 하늘을 가
득 채우고 있었다. 스님도 절도 동자도 없었다. 마치 밤새 산
을 내려온 듯이, 그녀는 산 아래, 잎새 더미 위에 있었다. 이
슬에 젖은 아침 안개가 천천히 흩어지고, 상큼한 공기가 그
녀 안으로 흘러들었다. 해가 산등성이를 뛰어오르니 푸른 우
주가 집으로 가는 길을 그녀 앞에 펼쳐놓았다.

　그녀는 묵묵한 산을 향해 깊숙히 큰절을 올리고, 마을로
향했다. 하얀 반달이 솜털구름 한 조각을 타고 그녀와 함께
길을 가고 있었다.

동쪽으로 간 소녀

시집 한 권 손에 들고 하모니카를 불면서 그녀가 동산 위에서 춤을 추고 있었다. 이 꿈을 꾸던 날, 그녀에게서 소식이 왔다.

"도쿄의 한 찻집에서 이 편지를 쓰고 있어요. 우리가 함께 춤추던 날들을 생각하면 미소가 절로 떠올라와요. 올가을에 오가와라는 스님과 결혼할 예정이에요. 마치 모든 다른 사람들은 그에 비하면 정말 싱거운 맛을 지니고 있을 것같이 느껴지는 그런 사람이에요. 이분과 결혼하지 않는다면, 나는 다시 짐을 싸고 또 다른 곳으로 미지의 것을 찾아 떠나겠지요. 당신의 소설 『세상 끝 마을로의 여행』을 읽고 또 읽는답니다. 때때로 당신의 음성이 들려오는 듯해요."

그 이듬해 내가 파리에서 만난 그녀의 남편은 키가 크고 잘생긴, 그러나 너무 오만해서 허리를 굽힐 줄 모르는 그런 청년이었고, 그녀는 벌써 그곳 여인들보다 더 전형적인, 푸른 눈의 일본 여인으로 변형되어 있었다.

아, 세상 끝으로 간 하늬 마을의 소녀여

끝없이 열린 천궁을 향해 연을 띄우는 아이처럼 그대 새녘
하늘에 꿈으로 꽃을 피웠는가.

하르르 하얀 비단 사유사방(四維四方)으로 뿌리며 그 옛날
어린아이들의 웃음소리처럼 내 친구는 가고 없었다.

티티새의 추억

간밤의 축축하던 검푸른 색을 말끔히 닦아낸 싱그러운 하늘이 다른 날보다 일찍 깨어나던 날, 앞 지붕 위의 안테나 꼭대기에서 티티새가 노래를 하고 있었다. 그의 소리는 금성처럼 맑고 힘차서 온 파리의 지붕 위로 기쁨을 실어다 주었다.

나는 휘파람으로 그를 불렀다. 그가 좋아하는 체리며 곡식 알을 창가에 놓아두고 기다렸다. 그는 날마다 조금씩 더 가까이 다가와 앉았다. 그의 부리는 개나리같이 빛나는 노란색이었고, 눈은 두 개의 검정 진주알 같았다. 그의 새카만 깃은 앙고라 털처럼 반들거렸다.

그는 새벽마다 맑은 공기를 울리며 노래를 했고 창가로 날아와 배불리 먹고 마당에서 뛰어놀고 옆집 덩굴 나뭇잎새 속에서 장난을 했다.

어느 날, 그는 함함한 깃털을 세우고 수줍은 여자 친구를 동반하고 왔다. 그녀는 옆 지붕 위에 앉아 바라볼 뿐 좀처럼 창가로 내려오지 않더니, 며칠 후에는 보이지 않았다. 그 뒤로 티티새는 열심히 먹이를 물어 날랐다. 건너편 나무에 둥지를 틀었는지 담 너머로 부지런히 사라졌다가는 돌아오곤 했다.

하늬로 가던 반달이 오랫동안 하늘에 남아 서성거리고 있던 아침, 앞 지붕 안테나 꼭대기에서 다른 티티새 한 마리가 더 크고 구성진 목소리로 노래를 하고 있었다. 날마다 와서 노래를 하더니 티티 부인과 함께 떠나가버렸다.

얼마 후, 아들 하나 데리고 나의 티티새가 찾아왔다. 이 새끼새는 간신히 옆집 창가까지 날아와 앉았는데, 내 창가로 오려고 하지 않았다. 아빠새가 아무리 오랫동안 달래도 아들은 움직이지 않고 고집을 부리고 뒤뚱거리고 있더니 결국 아래로 떨어지고 말았다. 나는 새끼새를 마당에 묻어주었고, 티티새는 어디로 가버렸는지 통 보이지 않았다.

그가 돌아온 날, 전처럼 나를 부르지도 않고 묵묵히 창을 들여다보고 있었다. 빛바랜 그의 부리는 깨지고 날개는 윤기를 잃고 떡심이 풀린 눈동자는 하소연하고 있었다. 저런, 저런! 네 부인을 업어간 새와 싸웠니? 물과 모이를 주었으나 그는 끝내 아무것도 먹을 수가 없었다. 이것이 우리의 마지막 만남이었다.

그 이듬해 봄, 놀랍게도 티티새 한 마리가 내 창가에 와서 깍깍거리며 나를 부르고 있었다. 그의 부리는 개나리같이 빛나는 노란색이었고, 눈은 두 개의 검정 진주알 같았다. 그의 새카만 깃은 앙고라 털처럼 반들거렸다.

나는 창문을 열고 기쁨에 넘쳐 먼 길 날아온 친구를 맞이하지도, 진수성찬으로 대접하지도 않았다. 그는 이틀 동안 마당에 와 뛰어놀고 옆집 덩굴 나무 잎새 속을 뒤지고 다녔다. 그래도 나는 그를 부르지 않았고 결국 그는 떠나가버렸다.

나의 작은 벗이여, 온갖 새들이 날아다니는 숲 속으로 가거라. 바람이 무성한 백양나무 은이파리 속에서 장난하고, 제일 높은 가지 위에 왕처럼 군림하고 앉아, 끝없이 파란 하

늘을 네 노래로 황홀케 하거라. 그러면 바람이 지나가면서
그리운 네 소식을 실어다주리라.

소년

인적이 끊어진 마을은 어둠에 잠겨가는데
맨발의 한 소년이 울고 서 있다
불타버린 옛집터엔 잡초만 무성하고
한 떼의 개구리들이 무너진 담장 덩굴잎 속에서
왁자지껄 합창을 한다

주먹으로 눈물을 닦으며 소년은 산으로 사라진다
풀뿌리를 씹으며 배고픔을 달래리라
굴 속에 웅크리고 누워 기억의 향기를 찾아가리라
보름달이 만물을 끌어당기며 날아오르는 밝은 밤에
청옥 하늘 높이 날아가는 날개가 되리라

소년은 다섯 뿔 항성이 되어 망막한 바다 위에 떠 있었다
물고기 떼가 줄을 지어 윤슬 위로 헤엄쳐 가고
눈으로 덮여 있는 제일 높은 봉우리에서 뻗어나간
수없는 골짜기와 폭포수가 흐르는 곳에
금잔옥대 피는 그의 옛 고향이 별처럼 빛나고 있었다

산골 다섯

저녁

땅거미 속으로 초연히 하루가 기우니
아스라한 하늘과 산은 서리서리 안고서
끝없이 내리는 푸른 잿빛 속으로 사라진다

풀섶은 안개에 여울물처럼 덮이어
땅에 뿌리 박은 것을 뿌옇게 잊어버리고
오두막을 나룻배처럼 싣고 떠나려 하는데

별 셋 호롱불 밝히고 스산히 내려오다가
날개신을 어느 곳에서 잃었는지
밤이 깊도록 중턱 허공에 걸려 있다

인시

달그림자 아직 맑은 못에 잠기어 있는 새벽
인연 따라 왔던 몸 이슬 위에 뉘어놓고
노랑나비 날개 위로 그는 떠나갔다

묵묵한 목인 앞에서 떨어지는 눈물 방울들은
산골 마을 위로 웅얼거림처럼 내리는데
어느 천상 나라에 또 한 줄기 바람이 이는가

안개

떡갈나무 가지 위에 그리움처럼 걸렸던 그믐달이
빈 향로에 오색 햇살을 피우니

골짜기를 맴돌며 강물처럼 허공에 퍼지던 안개는
제일 높은 멧등에 내려앉아 천년의 눈밭이 되고

개울 따라 세간으로 흘러내린 푸른 천공이
풀잎 같은 내 속눈썹마다 아침 이슬로 맺힌다

천둥

북녘 산속에서 깨어난 천둥이 점점 다가오더니
매지구름 아래로 수없는 번개를 쏘아 허공을 가르고
겁에 질린 대지를 부수려는 듯 진동시킨다

한 방울, 두 방울, 수없이 많은 방울들과 우박이
지붕 위에서 벽에서 창에서 사유사방(四維四方)에서
소마소마 가슴 졸이는 오두막을 난타하고

갈대숲에서 공기를 가르며 울부짖던 돌개바람은
모든 구멍과 갈라진 틈 사이를 쇳소리 내며 지나
간신히 서 있는 나무들의 잎새를 털어내고
웅성거리는 기왓장들을 무심히 날려 보낸다

암흑 속에서 포효하던 우주가 구름을 다 쓸어내니
풀내음 산촌 위로 석양빛이 용의 날개처럼 열리고
선명한 무지개가 천지에 구름다리를 놓는다

샘물 같은 바람이 사그락거리며 숲에서 불어오고
마른 잎새에 맺힌 물방울들이 금가루를 뿌린 듯하다
저녁 새들의 노래가 설레며 서쪽 골짜기를 날아간다

나비

흰 나비 하나 성급하게 마루를 가로지르더니
난간 기둥에 부딪쳐 제자리에서 맴을 돈다
볕 뜬 아침이 빙글거리며 돈다

하늘이 도는 것인 줄 알고
땅이 도는 것인 줄 알고
술 취한 사람처럼 갈지자로 날아간다

바람이 움직이는 것인 줄 알고
허공이 움직이는 것인 줄 알고
팔랑이는 깃발처럼 우왕좌왕 나부낀다

초원

잡초 우거진 초원 뒤로
무성한 숲 그림같이 조용하고
투명한 잠자리 날개 들꽃길을 간다

개울은 저 혼자 속살거리며
서둘러 곡선 위를 미끄러지는데
거북이 세간해 쉬다 가다 겨르롭다

뿔 왕관 머리에 쓰고 사슴 한 마리
한울 가운데서
밤색 눈을 들어 나를 돌아다본다

기도

당신은 안개처럼 천지를 감싸고
폭풍처럼 온 가지들을 흔들며
비처럼 내 눈 속에서 흘러내립니다

나는 바람에 실려가는 잎새 소리
물받이를 구르며 떨어지는 빗물 소리

시간이 멈춘 웅덩이에서 하현달이 뜨고
허공에서 별빛이 침묵으로 영급니다

명상 여섯

편백나무 숲길

편백나무 숲길을 홀로 걸어 올라가
당신은 바다를 향해 멈춰 서셨습니다

겹겹이 푸른 산으로 둘러싸인 벽옥의 바다
아득히 담아 안은 당신의 고요한 마음
흰 안개 구름 되어 섬자락처럼 싸고 돕니다

편백나무 숲길을 홀로 걸어 올라가
저는 당신을 향해 합장하고 섰습니다

당신께서 저를 부르셨습니까
빨간 꽃불 산중턱에 밝혀놓으시고
숨이 막힐 듯이 아름다운 밤바다 너머로
시절 인연이 닿는 날 오라고 기다리셨습니까

그러나 저는 갈 곳이 없어
봄날 저녁의 소쩍새처럼 웁니다

바람

비가 내리나 내어다보니 바람일 뿐
자갈길을 밟고 누가 오시나 열어보니 바람일 뿐
우산 위로 떨어지는 빗소리인가 돌아보니 바람일 뿐

바람은 가고 오고 자취가 없는데
풍경 홀로 울리고
자갈돌들은 이리저리 파도처럼 쓸린다

누가 여명 속으로 들어와 내 옆에 앉았는가
누가 법당문을 열었다 닫았다 하는가
    게 누구요
소원을 적은 종이띠들만 등에 매달려 팔랑거린다

명상

겹겹의 푸른 산이 허공에 뜨고
웅덩이에 고인 물이 풍경에 흔들린다

빛방울이 동그라미 그리며 떨어지는데
남청색 하늘엔 별들이 가득하다

미닫이 문을 열고 허공으로 들어서니
이 마음이 폭죽처럼 터지는 빛이요
이 몸이 오르고 내리는 멧부리길이라

섬

바람처럼 산길을 간다
솔 수풀 등선 너머엔 비단결 같은 주름
앞도 바다요, 옆도 바다요, 뒤도 바다요

찰랑거리는 물소리 속으로
수많은 조약돌 푸른 삼매에 잠겨 있고
홀로 있어 나는 이 우주에 가득하다

떠나는 새벽

누가 빨간 꽃잎들을 길 위에 뿌려놓으셨는지요
누가 초록 나무 이파리 속에 하얀 별꽃들을
그렇게 섬세하게 피워놓으셨는지요

황금빛 보름달 청금석 허공에 걸어놓으시고
세계지도를 손 위에 펼쳐주신 깊은 뜻을 몰라
먼 지평선 위로 뜬 구름만 바라봅니다

바다의 얼굴

바다를 찬찬히 보고 가지만 그의 모습을 기억하려는지요
물빛을 감탄하고 가지만 그 색을 그대로 기억하려는지요

당신의 얼굴이 땅에서 피어오르는 안개처럼 흩어집니다
당신의 눈빛이 산에서 내려오는 어둠 속으로 사라집니다

당신이 감추어둔 마음은 폭포 같은 기도 소리에 날아가고
내 그림자는 절벽 아래서 출렁이던 물결이 쓸고 갑니다

그래도 내가 웃으면 당신이 내 안에서 소리 없이 웃습니다
그래도 하늘을 바라보노라면
바다의 얼굴이 나를 파랗게 물들입니다

별하

우리가 만날 수 있는 그 반짝이는 순간들이
여물어가는 하늘에 명주 이슬처럼 맺혔습니다

나의 미쁜 벗이여, 너랑은
아무 말 없이 바라만 보아도 가슴이 뭉클하고
기쁨이 눈꽃 되어 내 방 안으로 가득히 날립니다

내가 눈을 들면 수천 광년 떨어진 너에게 이르고
네가 눈을 들면 수만 세상 떨어진 나에게 이릅니다

내 세계는 거울처럼 맑아서 너를 비추고
네 세계는 허공처럼 투명해서 나를 비춥니다

대나무 일곱

마음

세상이 무너지는 소리에 크게 놀란 가슴이
웅크리고 있던 몸에서 달아나 허공이 되었다

저녁이면 꽃 같은 노을이 눈 속에서 물들고
밤이면 은백의 별들이 천선(天線)을 따라 피어나고
청명한 아침 하늘길에 조각달 홀로 그윽하니
이 보배를 무엇과 바꾸리오

눈 한 번 깜짝일 때마다 변하는 사람들의 마음은
그저 흰 구름 되어 떠 가도록 두려오

대나무

대나무 속같이 텅 비어버린 내 마음으로
휘영청 보름달이 무심히 흘러가고

가없는 하늘 빗방울 되어 내리는 호수 위로
백조 세 마리 유유히 미끄러진다

그대 세상의 시비 소리가 들리는가
허공으로 울리는 맑은 바람 소리뿐이라

봉정암

백팔 법당을 관처럼 메운 어수선한 몸뚱어리들
빗물에 젖어 나는 보지 못했소
재물을 보시하고 큰 가피를 얻으라는 말씀도
밤바람 소리에 나는 듣지 못했소

내가 신기루인지 밤새 부처님께 여쭈었더니
괴나리봇짐 다 풀어놓고 빈 몸만 내려가라
별이 총총한 새벽에 일러주셨소

산마루에 오른 나무들은
이른 아침부터 단풍을 피워 내리느라 분주하고
허공을 가르는 바위산 위로 높이 뜬 하얀 달님이
보석처럼 파아란 계곡 물소리에 잠겨 있었소

망경대

백화산 절벽을 올라 문수전 앞에 서니
내가 우주의 한가운데 있네

부드러운 산자락 휘돌아 내려가는
내가 푸른 석천이요
가슴 두근거리며 천년의 아침을 흘러가오

연잎의 물방울처럼 흘러내린 영겁의 밤
떠오르는 햇살을 내 하늘에 뿌리려오
이 산천을 내가 가지고 가려오

묘시

범종의 아주 작은 여운까지 이 몸으로 받아
마음을 흘러 씻어내니
샛별이 금강석처럼 빛을 뿜는다

까마귀 날아들 때쯤 기도 소리 고요해지고
작은 새들 깨어나는 시각에
목탁 소리마저 그치니
풀벌레들이 아사의 예불을 드린다

바람과 달

바람이 구름을 하늬쪽으로 밀고 가니
둥근 달이 새녘으로 달음질을 친다

바람 따라갈까나
달을 따라갈까나

꿈속으로나 돌아가야겠네
꿈속에서 잠이 들면
떠나온 고향에서 깨어나지 않을까

불일암

풍경 소리 조용하고 바람만 살랑인다
누가 법정이 떠나셨다 하는가

오고 감이 없는 이 바람 소리이거늘
가랑잎 구르는 흙 위에 있고
갈대잎 흔들리는 유희 속에 있네

열어놓은 싸리문으로 한 사람이 들어와
후박나무 아래 오래 머무르다 간다

감로수에 내린 더없이 푸른 허공 속으로
은행나무 잎새들을 노닐며 간다

그냥 가는 길

계곡물이 종알거리며 흐릅니다
내 손가락 끝을 따라 별들이 항행하던
어느 날 꿈자리를 잊지 말라 읊으며 갑니다

머뭇거리며 올라가는 길은 마냥 더딘데
뒤돌아보면 벌써 저만큼 달아나버린 물살이
계속 종알거리며 흐릅니다

험하거나 멀거나 그냥 가라고 그저 따라가라고
별이 가득 뜬 언덕에 서서 손가락 하나를 들어
온 미리내의 별들을 돌리리라고

참나

우주에 가득한 참나 앞에 엎드리어
대지를 덮는 당신의 머리 위로 별들을 뿌리니
별똥별 하나 하늘을 가르고 갑니다

고요히 달빛 머금은 참나와 마주 앉아
동목서 흰 꽃으로 아름다우신 당신을 장엄하니
향기로운 바람이 한울에 넘칩니다

어디로 갔을까

숲을 거닐던 바람 내 몸을 감돌아 흩어지니
나는 어디로 갔을까

산을 구르는 물을 타고 바다로 가는가
법당에 앉아 삼매에 들었는가
버스를 기다리며 작별 인사를 나누는가

산 너머 마녁 하늘이 타는 노을에 물드니
나는 무엇이 되었을까

솜사탕 구름이 되었는가
장미석영 상현달이 되었는가
그대 가슴속에 허수한 아쉬움으로 맺혔는가

명경 여덟

마음밭

인연 닿는 발길마다
새벽 하늘에서 달을 담고 별 한 잎 따서
내 밭에 심었더니
햇빛 아래서도 눈부신 빛을 발합니다

인연 가는 걸음마다
초저녁 산사에서 해맑은 바람 한 줌 받아
책갈피에 꽂았더니
내 방 안에서도 온누리에 나부낍니다

음력 시월의 달

가지 틈에 숨어 잎새 떨어트리던 샛바람이
황금빛 가득 광주리에 담아 떠오르니

그대 빛나는 자락을 실로 꿰고
방패연 만들어 나는 우주를 날으려오

백천만겁 지내온 삶 티끌로 스러지고
찬란한 초겨울 하늘이 대지 위에 내려앉았소

초겨울

소슬바람이 팔랑거리니 내가 피리를 부는가
내가 환히 웃으니 은빛 잎새들이 춤을 추는가

알섬에 둥지 튼 가마우지들이 잔물결을 일으키는가
하늘을 받치고 있는 자작나무들이 노을을 피우는가

다손 가을이 이우니 나도 먼 길 떠나려 하는가
살가운 내가 가니 가을도 만 리 길 허공을 나는가

한울

당신의 푸른 자락에 매어달려 누리에 나부끼다가
저는 한울이 되었습니다

불가사의한 철로 위를 고속으로 달리고 있는
헤아릴 수 없는 별들 속에서
저는 당신을 기다리다 선 채로 잠이 들었습니다

밤의 신이 다가와 달빛으로 저를 덮어주실 제
이 영겁의 안무(按舞) 속에 가부좌하신 당신을 뵙고자
실개울 흘러가는 제 손바닥을 가만히 들여다봅니다

백조

어여쁘게 입고 다니던 눈부시게 하얀 날개옷
물가에 벗어 가지런히 접어놓고
길고 긴 동짓날 밤 그대 어디로 떠났는가

인연의 굴레를 타고 황제를 따라갔는가
행여 길을 잃었을까 왕자들을 찾아 떠났는가
은하수 은빛 실을 물어 새 날개옷을 짜고 있는가

왜가리

회색 왜가리 한 마리 긴 다리 물 속에 담그고
빗물처럼 떨어지는 파란 저녁을 바라보고 서 있다
쪽빛으로 물든 그의 눈 속에 일천 강물이 흘러간다

회색 왜가리 한 마리 긴 다리 솔 위에 접고
등불처럼 떠오르는 황금 달을 바라보고 앉아 있다
달빛으로 물든 한 가닥 활로를 밟고 아득히 천궁을 난다

겨울 호수

한겨울의 에이는 북새바람이 호수 위로 불어가니
물결은 투명한 가사를 걸치고 적멸에 들고
만물이 와서 은빛 거울 위로 그림자를 드리운다

청둥오리 발을 지치며 조심스레 가장자리를 도니는데
갈매기 떼 중천에 열지어 서서 흰 수련꽃 수를 놓으니
은은한 저녁 범종 소리 중중첩첩 산해를 넘어온다

삼월이 오면

깊은 상처를 입은 조개가 영롱한 진주를 품듯이
추운 겨울밤을 묵묵히 이겨낸 나무가
향기로운 꽃을 피워낸다 하니

삼월이 오면
당신이 벼랑 위에 피우신 풀꽃 향내를 맡으러 가리다
진주 조개 노니는 바다에 청동거울을 달러 가리다

비밀 아홉

당신의 눈

당신의 눈 속엔 너무 많은 영상들이 들어 있어
눈이 있어도 볼 수 없고

당신의 귓속엔 너무 많은 소리들이 담겨 있어
귀가 있어도 들을 수 없습니다

세계가 당신 안에서 사색하고
별빛이 당신의 몸 위로 비 오듯 쏟아집니다

그런데 당신이 보지도 듣지도 못하신다면
누가 있어 어두움을 화덕에 구워 달을 만들어서
당신 가슴에 달아놓으리오

누가 있어 눈물을 용광로에 부어 별을 만들어서
당신 하늘에 띄워놓으리오

비밀

내가 눈 한 송이 되어 천지를 떠돌던 때가 있었는지
내가 온 우주에 가득 찰 정도로 큰 때가 있었는지
내가 불꽃의 흐름으로 타고 있을 때가 있었는지
아무도 알지 못하는 그런 비밀이 당신에게도 있겠지요

바람이 들려준 불생불멸의 법문을 당신도 들으셨나요
계곡물이 속살거리던 말씀을 당신도 들으셨나요
조약돌 안에서 들려오던 웅얼거림과 선율을
당신도 들으신 적이 있나요

수정 눈이 뜰에 내리던 생일날 아침을
전설의 파랑새들이 날아와 사과나무에 앉던 저녁을
걸어온 발자국마다 보석들이 꽃잎처럼 덮고 있는 길을
당신도 보셨는지요

사자좌

열한 마리의 흑백조가 노을을 타고 무리져 날아와
물보라 일으키며 일렬로 내려앉는 묘행을 보이더니
일시에 다시 수면을 박차고 하늘을 날아가 밤이 된다

달무리 허공에 장식하고 사자좌에 제왕처럼 군림하니
내 눈은 그를 바라보다 흑옥의 먹빛으로 물들고
들판처럼 펼쳐진 내 가슴 위로 청명한 별들이 흐른다

환희

침묵의 바다 위로 떠오른 찬란한 달빛이
내 세포마다 폭포수로 쏟아지니
나는 금빛 물비늘 되어 골짜기에서 골짜기로
굽이굽이 삼세의 굴곡을 미끄러진다

새녘 하늘 위로 날아오른 눈부신 한별이
내 마음마다 꽃잎으로 흩날리니
나는 갈대 피리 되어 멧부리에서 멧부리로
구불구불 삼계의 에움길을 춤을 추며 간다

고요

미리내를 건너는 징검다리 돌판 위에 앉아
물결에 비친 찬란한 별빛들을 바라보노라니
나 있는 곳이 가없는 누리의 중심이라

밤을 가로지르는 빗줄기에 머리 기대고 누워
가만가만 다가오는 허공의 속삭임을 듣노라니
나 있는 곳이 고즈넉한 고향집 품속이라

염주알

또르륵 금방울 구르는 청명한 새소리에
잠이 깬 내 귀가 천 길 하늘을 날아가니

언덕 위에서 일렁이는 풀꽃 그림자들
물방울마다 피고 지고 영겁을 노니는데

만월은 낡은 배에 앉아 금강석 멍석을 깔고
일어나는 만 가지 파도를 염주알로 꿰누나

공작새

이슬비 적막 속으로 내리는 아사의 고샅길
한 걸음 걸음마다 새하얀 별빛을 밟으며
공작새 한 마리 홀연히 내 앞을 걸어간다

유리 왕관 머리에 꽂고 백설의 긴 날개옷 자락
맑은 종소리처럼 흔들어 천공에 펼치니
그 영롱한 빛 내 라온 뜨락에 무지개로 피어난다

담 너머 길

담 너머엔 무엇이 있을까 수풀신에게 물었더니
숲 사이로 흐르는 맑은 나릿물 속으로 나를 데려다주네

떠나온 큰길에는 여인숙 손님들 시계추처럼 오고 가지만
일찍 온 사람 늦게 온 사람 곧 떠날 사람 남을 사람
아무도 이곳을 알지 못한다네

모래성을 쌓는 아이들 도담도담 물가에서 놀고
백옥의 빛 속에 앉아 있는 사람들 투명한 천신 같으네

물은 시나브로 깊어지는데 땅 위를 걷듯 사뿐하니
바람조차 고요한 이 은하수를 따라가 고향으로 돌아가리

봄길 열

숲 속의 봄

지구가 한 바퀴 돌아 오솔길로 다시 봄이 찾아오니
소중히 접어 겨울부터 기다리던 꽃순들
바람이 잠시 가지 끝에 머물러 피우고 간다

온갖 새들이 은빛 나무 위에서 꽃잎을 떨어뜨릴 제
나는 푸른 옥 천궁을 베고 누워
수억 년 불어오는 줄 없는 가야금 곡조를 듣는다

달밤

나는 누구인가 그토록 묻지 말고
그저 신선한 바람이 지나가는 것 같은 그런 사람이 되라
그저 은은한 꽃사과 향이 나는 것 같은 그런 사람이 되라

무엇을 찾아 홀로 떠도는가 묻지 말고
한 방울의 이슬 속에서도 반짝이는 돈을볕을 보라
날마다 네 눈 안에 뜨는 맑은 달과 청정한 별빛을 보라

이 돌계단 위에 앉은 달밤이 돌아가고픈 내 집이요
평상 위로 펼쳐진 저 넓디넓은 허공이 내 님의 품속이라

동백

서산으로는 홍도화 같은 태양이 지는데
툭 툭 절 마당에 비단 동백 떨어지는 소리

첨찰산 계곡물 따라 봄이 흐르는가
범종 소리 따라 우주가 흐르는가

목련

만 송이의 하얀 꽃
흐드러지게 피우고

달 없는 봄밤을
향기로 물들이니

소슬바람 네 가지에서
흰 별 되어 떨어진다

벚꽃

밤새 우는 휘파람새 소리에
하얀 목련 꽃이파리 떨어지는 저녁

하늘엔 분홍 노을이 꽃구름을 피우고
산에는 한 아름씩 벚꽃이 피네

밤새 부는 태풍 소리에
키 큰 나무들 바다처럼 일렁이는 밤

계곡에선 진줏빛 생멸이 일고 지고
내 마음에는 한 다발씩 벚꽃이 지네

이 봄이 이울면 어이하리오
가을이 오면 또 어이하리오

달빛

바다에서 안개가 피어올라 산뫼를 돌며 하늘로 올라가고
연산홍 꽃잎으로 물들인 붉은 갑사 옷에 구름 띠 두르고
만월이 바다에서 나오니
우리는 산에 올라 깃발처럼 펄럭이고 서서 세상을 본다

바람이 달을 실어다 넓은 옷섶에 넣어주는 것도 아니요
우리가 허공으로 날아가 망태에 달을 따 오는 것도 아닌데
달은 저절로 우리 가슴에서 뜨나니
우리는 같은 별 조각이요 우리 안에 우주가 있기 때문이라

허공

묵은 낙엽 봄볕에 미끄러지는 산이 되어 절벽에 서니
천 길 아래로는 고요한 들판이 말없이 열리고
탁 트인 하늘에는 하얀 상현달이 높이 차오르더라

이 가없는 천상의 세계에서는 너와 내가 하나였으니
십세의 처음과 끝이 순간의 일념을 떠나지 않았으며
나는 중천에 가득한 달이요 물 그림자가 아니었더라

명사십리

　하늘은 미묘한 조화를 부리며 은유백색 날개 펼치고 노니
는데
　나는 고운 모래 되어 온갖 다른 음의 바람 소리를 듣는가
　너는 하얀 돌이 되어 온갖 다른 음의 파도 소리를 듣는가

　우리 안으로 바다처럼 차오르는 신비한 허공을 떠받드는
이여
　우리 발자취마다 진주와 산호를 엉그는 이여
　하나의 별을 둘로 가르는 이여

봄에 만난 사람

홍옥 같은 얼굴 위로 먹구름이야 잠시 머물다 가도
진솔한 눈동자 속으로 두려움이야 언뜻 배었어도
풀빛 같은 마음 안에 하늘이 연못처럼 고여 찰랑이네

인연이라네 모든 것이 다 인연이라네
모란이 피는 것도 해당화 봉오리가 맺히는 것도
연못에 비친 그림자며 지나가는 봄 소리라네

봄날의 이별

꽃술 같은 촛불에 달려 있던 바람 새 되어 날아가고
북두칠성이 내 머리 위에서 은하수를 부어주는 밤

내 가명(假名)일랑 깨끗이 씻어 엎어놓고
하늘의 별들을 접어 내 주머니에 넣고

친구여, 섬 같은 이 몸 귀의처 삼아 망망한 대해 너머로
시작 없는 곳에서 왔듯이 끝이 없는 곳으로 가렵니다

그리움

혜윰마다 스며드는 신기루 같은 모습도 네가 아니요
우주의 바닥에서 울리는 천둥 같은 소리도 네가 아니요

이 대지에 뿌리를 묻은 거목 같은 가슴도 내가 아니요
만 겁의 흙이요 물결이요 햇빛이요 바람일 뿐인데

그리움은 어디로 와서
바위처럼 돛을 올리고 새녘 바다를 향해 솟아오르는가

아픔은 어디에서 일어
회색의 대서양처럼 겹겹의 뫼를 넘어 허공에 퍼지는가

서리 구슬 맨발로 밟으며 봄비 되어 온 누리로 내리려나
천공의 꼭대기에 올라 사월의 달빛으로 흩어지려나

작품 해설

영혼의 노래 또는 적멸의 시학

김 봉 군

1. 여는 말

시가 읽히지 않는다. 전자 기기 탓이다. 시의 위기에 대한 시인들의 방략 부재가 더 큰 문제다. 시는 태생적으로 노래에 친근하다. 형식과 내용이 완벽히 융합된 음악이 으뜸이고, 시가 버금간다. 악성(樂聖)·시성(詩聖)이란 칭호가 공연히 생겨난 게 아니다.

현대시는 비정한 이미지와 과도한 상징으로 독자를 잃었거나, 텐션이 과도히 풀려 비시(非詩)의 미망(迷妄)에 얽혔다. 이제 시는 독자를 견인할 새로운 가락·감각·정서·사유의 세계가 적절한 텐션을 유지하며 화학적으로 융합된 새로운 미학적

실체로 거듭나야 한다. 문제는 시에 노래를 끌어들이고 사유를 영글리는 일이다. 장선 시학의 음악성과 불교 지향적 사유가 독자의 심혼(心魂)을 흔들 기세다.

불교적 시간관·존재관은 원환론(圓環論)이다. 존재 일체의 생멸(生滅)은 원의 궤적을 돈다. 그 윤회의 바퀴 돌기를 초월한 정각(正覺)의 경지에 해탈이 있다. 쇼펜하우어의 형이상학적 염세주의, 니체의 영겁 회귀론, 헤르만 헤세의 『싯다르타』에도 불교적 존재론이 스미어 있다. 이에 반해 그리스도교적 존재관·시간관은 직선이다. 움직이는 직선은 결코 회귀하지 않는다.

아름다운 옥 장선(張璇) 시집 『풀잎에서 별까지』가 무엇이길래 평설자가 이토록 거대 담론으로 너스레를 부리는가. 장선의 이번 시집은 형이상 시학으로 풀어야 할, 율격 언어의 보석들을 한가득 품고 있다. 범상치 않은 시집이다.

2. 장선 시집 『풀잎에서 별까지』의 비범성

장선의 제2시집 『풀잎에서 별까지』에는 영혼의 노래들이 교직(交織)되어 있다. 장 시인은 이 시집에서 깨달음의 언어와 이미지로 말하기의 방식(the way of saying)을 취하고 있다. 존재와 진리 문제에는 역설(逆說)이 동원되었다.

창조와 사랑과 기도의 비의(秘義), 임ㆍ자아ㆍ존재 일체ㆍ인연과 만남ㆍ영겁ㆍ탈속(脫俗)의 경지ㆍ명상이 주제 이상의 주제, 초주제의 화두들로서 '마음' 하나에 수렴된다. 이를 싸안는 우주적 기본 지배소는 풀잎ㆍ바람ㆍ별이다. 이 기본 지배소를 중심으로 한 천ㆍ지ㆍ인의 초월적 의미망을 파악하는 것이 독자들의 몫이다.

(1) 지배소

장선 시의 기본 지배소(dominant)는 풀잎ㆍ바람ㆍ물ㆍ천체다. 풀잎은 지상의 것, 천체는 우주적 표상이다. 지상의 것에는 빈 숲ㆍ우금길ㆍ에움길ㆍ도랫길ㆍ오리 들도 있으나, 풀잎 표상이 이들의 대유(代喩)다. 하늘 것인 태양ㆍ태백성ㆍ은하수ㆍ반달 등 천체의 대유적 표상은 별이다. 그 사이의 바람은 일체 만유의 겉살을 스치되 속살인 존재론적 초월성을 품는다. 자연과학상으로 바람은 성층권 안을 차지한 대기의 이동이나, 형이상 시학에서 바람은 윤동주의 경우처럼 별을 스치며, 땅과 하늘 사이 허공을 채운다. 별과의 거리가 아스라한 바람도 허공을 채우는 물의 다른 버전이다. 안개ㆍ노을ㆍ새 들이 다 그렇다.

(2) 장선 시학의 실마리

장선의 시는 이미지 표출 쪽에서 탁월한 개성미를 보인다.

> 소년은 다섯 뿔 항성이 되어 망막한 바다 위에 떠 있었다
> 물고기 떼가 줄을 지어 윤슬 위로 헤엄쳐 가고
> 눈으로 덮여 있는 제일 높은 봉우리에서 뻗어나간
> 수없는 골짜기와 폭포수가 흐르는 곳에
> 금잔옥대 피는 그의 옛 고향이 별처럼 빛나고 있었다
>
> —「소년」부분

시「소년」의 제3연이다. 신화다. 새로운 창세기라기보다「요한계시록」의 상징, 『신곡』과 『실낙원』의 천국 표상이다. 무릉도원이나 엘도라도라면 티끌이 묻는다. 불교·도교의 천계(天界)도 크게 이질적이지 않다. 이 시의 체험 공간은 마을·산·이향(異鄕) 순으로 이동한다. 한 소년이 초토(焦土)가 된 옛 집터를 떠나 산에서 고난당하다가 청옥빛 하늘로 비상하여 이상향에 도달하는, 극적 구조로 된 시다. 다섯 뿔 항성, 금잔옥대(수선화) 피는 본향의 이미지가 구상화된 이 이색 체험의 공간은 시적 화자의 궁극적 귀의처가 아닌가. 물고기 떼가 헤엄치는 역동적 이미지도 달빛 윤슬에 정적미(靜寂美)로 녹어졌다. 다섯 뿔 항성의 바다, 수없는 골짜기의 폭포수와 금잔옥대 피는 곳

은 동서양 고래(古來)의 상상력이 융합된 낙원 이미지로 안온(安穩)하다.

이쯤서 장선 시학의 실마리는 잡힌다.

> 나는 아무것도 그 어떤 사람도 되고 싶지 않습니다
> 그저 나 자신이고 싶습니다
>
> 내 잎새 속에서 사그락거리는 바람 소리
> 당신 발 아래서 바스락거리는 낙엽 소리
>
> 달빛이 내려오는 새벽에는 서리마다 보석을 뿌려놓고
> 곧게 뻗은 줄기 은하수를 넘어 날아오르렵니다
>
> 꽃샘바람 지나가는 시절에는 가지마다 잎을 피워놓고
> 나 홀로 가렵니다 그리고 당신 홀로 두겠습니다
>
> 당신이 누구신지 모르지만
> 당신이 저인 것만은 아는 까닭입니다

이 시집의 「서시」다. 탈속한 순수 자아의 표상이 선명히 투영된 시인의 상상력은 이미 우주의 경계를 넘어서 있다. 셋째 연에서 독자가 조우(遭遇)하는 유장(悠長)한 율조에, 자연과 금속성이 해조(諧調)된 우주적 이미저리는 언어 미학의 극치를 넘본다. 음악성을 잃고 깡마른 비생명적 주지시, 길 잃은 상징시에 질린 시의 독자에게 장선 시의 참신한 미학이 주는 파문이 예서 좋이 읽힌다. 서정시가 원천이 되는 율격과 서정을 회복하고, 사유의 우주까지 품은 것은 법열(法悅)에 갈음되는 감동이다.

장선의 제1시집 『별을 스치는 이 바람 소리』에는 세속사의 배리(背理)에 대한 분노의 어조가 긴장감을 조성하고 있었다.

> 일류병과 허영의 물결이 잘린 좁은 반 도막 땅 위에서
> 하루 종일 아찔아찔 붐비는
> 대형 승용차들의 물결만큼이나 도처에
> 전염병처럼 퍼져 있었다.
>
> 권력 위에 주춧돌을 세우고 국민을 착취하는
> 이 세상 정부가 다 그렇듯이
> 서로가 서로에 대항해서 전쟁을 하게 하고
>
> ─「돌아온 고국」 부분

전염병처럼 만연한 욕망 지상의 사회, '독사 떼'인 양 착취와 전쟁에 광분하는 세상 정부들(「우리들의 전쟁」)에 장선의 시어는 날을 벼린다. 이즈음도 그는 세속사란 죄와 죽음, 패배와 좌절의 기록이라고 한 독일 역사철학자 카를 뢰비트의 명언을 경

청할 기미를 보이지 않는다. 대상은 신기루, 길은 사막, 주체는 나그네라고 한 프랑스 평론가 자크 라캉의 욕망 철학에서도 비켜나 있다. 선불교(禪佛敎)의 소 찾아 길들이기 심우도(尋牛圖)의 '마음 공부', 그런 자아 다스리기와도 인연 짓지 않는다. 그의 사회적 자아는 『법화경』이 말하는 '불난 집[火宅]'이고, 분노의 뿌다구니가 이중섭의 성난 쇠뿔처럼 불끈거린다. 그의 깃발은 절망으로 파동치며, 그의 강물 하나는 울면서 흘러간다(「빗속으로 내리는 밤」).

그런 장선 시인의 시적 자아에 변혁이 왔다. 경이로운 변이다. 그의 상상력에 내밀한 충격을 끼친 사유의 깊이와 높이 때문이다.

(3) 귀향의 의미와 정신적 지주

장선 시 「귀향」의 어조(tone)는 제1시집의 경우와 달리 나긋나긋한 평정(平靜)의 경지에 들어 있다.

단풍잎 다 떨구어낸 빈 숲에 앉아
나는 이제서야 싹 하나를 피웁니다

어느 우금길로 헤매어 다니다가
이제사 내게로 돌아왔는지요

무엇이 그리워 목마르게 찾아다니다가
이제사 그림자를 떨구어내는지요

별빛 다 저문 아사의 뜰에 서서
나는 이제서야 등불 하나를 밝힙니다

어느 에움길로 도닐어 다니다가
이제사 당신을 만났는지요

누구를 못 잊어서 발돋움하고 기다리다가
이제사 어두움을 걷어내는지요

—「귀향」 전문

　마침내 장선의 시적 자아가 귀착한 곳이 '고향'이다. 어조는
한용운을 닮았다. 설의(設疑)의 수사로 서술에 변화를 주었을
뿐, 의미는 선명하다. 끝없어 보이던 방황의 시간을 걸어 도달
한 귀의처, 그곳은 비로소 싹을 틔울 단풍잎 진 빈 숲과 등불
하나 밝힐, 별빛 저문 아사의 뜰이다. 시인의 자아가 거듭날 창
세기, 그곳에 장선의 자아는 새 싹을 피우고 새 우주를 밝힐 등
불을 켠다.
　이 놀라운 거듭남은 고집멸도(苦集滅道)의 4성제(四聖諦)에 안
겨 있다. 생로병사 고통의 심해(深海)를 건너고 번뇌 덩이를 깨
어 니르바나에 든 자아는 영원한 진리를 깨닫고 법열의 원광

140

(圓光) 속에 빛난다. 우금길·에움길은 이제 가뭇없다. 예서 장선 시론은 설진(說盡)이다. 하나, 이런 설정이 어찌 타당한가는 풀어야 한다.

노송 위로 반달이 떠오르니
금빛 자락 펼쳐놓고
삼세의 부처님들이 나뭇가지마다 오시었네

방울방울 떨어지던 감로수 곁에 와 앉으니
꽃 한 술 띄워놓고
나는 밤의 향기를 마신다

— 「노송」 전문

불교적 상상력의 표징이 분명한 「노송」 전편이다. 만유 일체가 삼세(三世) 부처의 포월적(包越的) 아름다움으로 표상화된 시다. 장선 시인은 불교의 정각(正覺)·청정심(淸淨心)의 우주, 가득 찬 허적(虛寂)의 역설 속에 귀일(歸一)해 있다. 거듭 말하거니와 이것은 장선 시인에겐 법열이다. 염화미소(拈花微笑)의 우주적 소통이 기적처럼 이루어지는 장면이다.

르네 웰렉 등이 말했다. 문학을 문학이게 하는 데는 문학적인 요소들만으로 족하나, 문학을 위대케 하는 것은 그 이상의 무엇이라는 것이다. 토머스 스턴스 엘리엇은 위대한 정신적 지주가 문학 작품을 위대케 한다고 했다. 엘리엇의 「황무지」는 앵글리컨 기독교 정신으로 문학사에 남았다. 한용운의 『십현담』와 『유마경』의 불교 정신, 이육사의 유교적 지사론(志士論), 윤동주의 기독교 정신이 그들의 시를 명시의 반열에 올려놓지 않았던가.

문제는 문학적 요소와 이들 정신적 지주가 곰삭아 화학적 융합을 이루는 것인데, 한용운·이육사·윤동주의 경우처럼 장선의 시도 이런 요청에 부응한다. 가령, 지고지순한 사랑의 시에는 '사랑'이 내면 으늑히 숨는다.

(4) 장선 시의 아름다움

① 가락

시는 시여야지, 사상의 등가물(等價物)이 아닌 것을 시의 독자들은 안다. 평론가 윤재근이 다소 뾰족하게 말했듯이, 좋은 시는 가락(선율)과 서정과 이미지와 사유의 세계가 융화될 때 생겨난다. 윤재근이 강조한 것은 가락이나, 그것만으로는 안 된다. 이미지·정서·사유를 떨친 명시란 없다. 가락과 서정이 넘치는 서정주의 「귀촉도」도 가편(佳篇)이나, 한용운의 「님의 침묵」을 추월할 수는 없다.

장선 시의 아름다움을 조성하는 요소는 결삭은 언어와 물 흐름을 닮은 거침없는 가락과 무위적정(無爲寂靜)의 이미지, 선불교적 사유에서 파생되는 역설의 수사다.

　　고향은 아스라이 멀어
　　아무것 없어도 그리움이 넘치는 빗소리 속에서만
　　잠시 엿들을 수 있는 음악인 줄 알았습니다

　　아무도 없어도 포근함이 넘치는 바람 소리 속에서만
　　잠시 엿볼 수 있는 환상인 줄 알았습니다

　　정이 교차되는 길목에서
　　세상이 잠시 고향처럼 보이더라도
　　본래의 집에 다시 돌아간다는 것은
　　있을 수 없는 일인 줄 알았습니다

　　물소리에 잠이 깬 산사의 밤
　　문득 내 삶이 수행이었음을 깨닫습니다
　　고뇌와 해탈이 함께 있는 것임을
　　방황과 진리가 함께 있는 것임을

　　고향은 아스라이 멀어
　　안개 속에서나 어쩌다 나타나는
　　다다를 수 없는 신화의 마을이 아니었습니다

　　내가 있어야 할 그곳이 고향이었습니다
　　내가 가야 할 도착지가 고향이었습니다

내 몸의 작은 알맹이들이 한울로 퍼져나가고
한울이 내 안으로 축소되는 그때가
고향이었습니다

—「고향」 전문

　앞에 인용한 「귀향」과 짝을 이루는 「고향」이다. 이 시의 가락
은 청산유수다. 시적 말하기의 본연성이 장선의 시에서 살아났
다. 우리 시문학사의 낭보(朗報)다. 박두진의 「청산도(青山道)」의
거침없는 가락이 장쾌한 것이라면, 장선 시의 가락은 강물인
양 유장하다. 시내에 돌이 없으면, 냇물은 노래를 멈춘다는 말
이 있다. 장선 시의 강물은 돌들의 뿌다구니까지 다 싸안으며
깨달음의 기쁨을 싣고 노래처럼 흘러간다. 「고향」에서 독자들
이 만나는 것은 '물의 시학'이다.
　장선 시를 아름답게 하는 첫째 요소가 유연하고 청량한 가락
이다.

　② 역설의 수사와 의사 진술
　한용운의 「님의 침묵」이 명시 반열에 오른 것은 사유와 수사
의 역설 때문이라 해도 지나치지 않다. 「님의 침묵」에서 대해
탈은 속박에서 얻고, 꽃은 떨어지는 향기가 아름다우며, 해는
지는 빛이 곱다. 노래는 목 막힌 가락이 고우며, 님은 떠날 때
의 얼굴이 더욱 어여쁘다.

장선의 시에서도 고뇌와 해탈, 방황과 진리, 사랑과 아픔(「삶」)이 함께 있다. 이것은 우연한 발견이 아니다. 고집멸도의 하고한 우금길, 사유의 끝자락에서 깨친 정각(正覺)·정심(正心)의 진제(眞諦)이다. 이런 시적 진술은 선시(禪詩)에서 절정을 보인다.

> 지구가 한 바퀴 돌아 오솔길로 다시 봄이 찾아오니
> 소중히 접어 겨울부터 기다리던 꽃순들
> 바람이 잠시 가지 끝에 머물러 피우고 간다
>
> 온갖 새들이 은빛 나무 위에서 꽃잎을 떨어뜨릴 제
> 나는 푸른 옥 천궁을 베고 누워
> 수억 년 불어오는 줄 없는 가야금 곡조를 듣는다
>
> ―「숲 속의 봄」 전문

푸른 옥 천궁을 베고 누워 수억 년 불어오는 '줄 없는 가야금 곡조'를 듣는다는 것은 선시에서 흔히 보는 의사 진술(擬似陳述, pseudo-statement)이다. 소요 태능(逍遙太能)의 선시 「종문곡(宗門曲)」에서는 물 위에 진흙소가 밭 갈고, 구름 속 나무 말이 풍강(風江)을 고르며, 외로운 학 울음소리 하나가 하늘 밖으로 길게 간다. 이 언어도단의 말하기 방식으로 진리의 문을 두드리는 것이 선시다. 장선의 시적 자아는 이 같은 선시의 어법에 근

접해 있다.

③ 절륜의 이미지

장선 시의 이미지는 절륜(絕倫)의 경지를 넘본다. 개성미 넘치는 이미지의 성찬을 차린다.

> 그분 안에는 금낭화 같은 해님이 있어
> 뜨락에는 나무들과 꽃들이 곳곳에서 와 등을 밝히고
> 일천억 개의 우주가 각각 일천억 개의 별들을 거느리고
> 그 둘레를 돌고 있었다
>
> 이 모든 천체가 하나의 티끌 속에 있고
> 이 티끌이 모든 세계로 확산되는 것을
> 시작도 끝도 없는 그때에 그분은 다 보고 계셨다
>
> 내가 그 별 하나 속에서 꼬꼬지 시절부터
> 불꽃 같은 청옥 잎새로 우듬지를 장식한
> 나무 한 그루를 애써 피우고 있는 것을
> 시작도 끝도 없는 그때에 그분은 다 알고 계셨다
>
> ─「스승의 정원」 부분

'금낭화 같은 해님'이나 '불꽃 같은 청옥 잎새' 같은 이미지의 참신성보다 더 경이로운 건 광대 무량의 우주적 이미지다. 다

음 시를 보자.

> 하나 모래알에
> 삼천 세계가 잠기어 있고
> 반짝이는 한 성망(星芒)에
> 천년의 흥망이 감추였거늘
>
>   — 유치환, 「목숨」 부분

> 모래 한 알 속에 세계를
> 한 송이 들꽃 속에 천국을 보며
> 그대 손바닥 안에 무한을 쥐고
> 한 순간 속에 영원을 보다
>
>   — 윌리엄 블레이크, 「순수의 전조(前兆)」 부분

유치환의 시에는 불교적, 블레이크의 시에는 기독교적 우주관·시간관이 깃들어 있다. 원과 선의 차이여서 만날 수 없이 상치(相馳)된다. 아널드 토인비의 절충론같이 나선형 시공관(時空觀)은 세속사 풀이의 방식일 따름이다.

불교의 시공관은 엄청나다. 불교의 천계는 수미산 중턱의 사천왕천에서 시작되며, 거기에는 욕계 6천, 색계 8천, 무색계 4천 등 총 18천이 있다. 이런 우주 1,000개가 모여 소천(小天) 세계가 되고, 이것 1,000개가 모여 중천(中天) 세계를 이루며, 중

천 세계 1,000개가 모여 한 부처가 제도(濟度)하는 삼천 대천 (三千大天) 세계가 된다는 것이다.

장선의 시적 자아는 사바 중생(범부)의 팔고(八苦)와 번뇌를 떨치고 삼천 대천 세계를 보고 있다. 그의 무량 광막한 우주적 이미지와 사유의 세계가 독자를 압도한다. 그는 "평상 위로 펼쳐진 저 넓디넓은 허공이 내 님의 품속이라"(「달밤」)고 고백한다. 적멸경(寂滅境)에 든 것이다.

장선의 역설적 수사와 의사 진술도 이 적멸의 시학에 수렴된다.

④ 이미지의 향연

장선 시의 이미지는 경이롭도록 새롭다. 그의 창조적 상상력이 만유의 인연 설법과 우주를 포월하기 때문이다.

· 허공은 그리움처럼 푸르르다(「너와 나」)
· 눈 감으면 별 하나/내 가슴에 뜨고/내가 너를 우주 너머로 보나니(「너와 나」)
· 나는 허공에 금강석 같은 별들을 그려 넣었습니다(「그림」)
· 구름다리 건너 나도 하늬길로 가보았지만/기억은 새처럼 날아가버리고 말았습니다(「꿈길」)
· 당신은 우주의 넓은 소매로 나를 품습니다(「꿈길」)

· 당신은 물방울 같은 허공이니(「꿈길」)

· 마녘 하늘로 날아가는 한 무리의 별들(「흔들림」)

· 뜨락에는 석탑 하나 무료하게 서 있는데/법고 치는 소리에
  폭풍이 인다(「초여름의 산사」)

· 순간, 단전에서 성냥불을 그은 듯이 불꽃이 타오르더니,
  별빛 같은 환희가 가슴으로 번져나갔다.(「명주의 모험」)

· 공중에는 태평소, 해금과 북이 연주를 하고 그들의 음악에
  꽃들이 한들거리며 춤을 추고 있었다.(「명주의 모험」)

　　장선의 이미지 표출력은 긴긴 고행의 마음밭에서 피어난 풀
꽃에서 천체에 이르는 원공(圓空)의 미학을 창출한다.

　　　　떡갈나무 가지 위에 그리움처럼 걸렸던 그믐달이
　　　　빈 향로에 오색 햇살을 피우니

　　　　골짜기를 맴돌며 강물처럼 허공에 퍼지던 안개는
　　　　제일 높은 멧등에 내려앉아 천년의 눈밭이 되고

　　　　개울 따라 세간으로 흘러내린 푸른 천공이
　　　　풀잎 같은 내 속눈썹마다 아침 이슬로 맺힌다
　　　　　　　　　　　　　　　　　　　　　　—「안개」 전문

자연 만상의 우주적 변환(變幻) 이미지를 보여준다. 또 하나의 인연 설법이다. 장선 시의 이미지는 청아히 아름답다.

· 허공에서 별빛이 침묵으로 영급니다(「기도」)
· 황금빛 보름달 청금석 허공에 걸어놓으시고(「떠나는 새벽」)
· 샛별이 금강석처럼 빛을 뿜는다(「묘시」)
· 쪽빛으로 물든 그의 눈 속에 일천 강물이 흘러간다(「왜가리」)
· 계곡에선 진줏빛 생멸이 일고 지고/내 마음에는 한 다발씩 벚꽃이 지네(「벚꽃」)

선불교적 사유의 세계가 가락과 이미지에 해조된 절창이 장선의 시임을 이로써 알 수 있다.

3. 맺는 말

이 글은 현대시가 독자를 잃은 것은 전자 기기의 발호라는 외재적 현상 때문이나, 시의 위기에 대한 시인들의 방략 부재에 더 큰 책임이 있다는 말로 시작되었다. 음악 · 감각 · 정서 · 이미지 · 사유의 세계가 화학적 융합을 이룬, 새로운 시가 출현해야 한다는 뜻이다.

장선의 시는 풀잎 · 바람 · 물 · 천체를 지배소, 불교의 원환

론을 축으로 한 우리 시학사의 명편들이다. 그의 제1시집에서 불끈거리던 세속적 욕망 분출의 어조가 이번 제2시집에서 적멸의 안온에 든 것은 시학적 기적이다. 불교적 깨달음 덕이다.

선불교적 사유와 청산유수 같은 가락, 청아한 우주적 이미지, 향 맑은 정서, 역설적 수사와 의사 진술이 해조된 장선의 시는 가위 절륜의 경지를 넘본다. 20세기의 주지시·상징시·초현실주의 시가 소거한 가락을 살리고, 사유의 세계를 이미지화한 장선의 시는 21세기 세계 시의 한 전범이 될 수 있다. 노래를 잃고 깡마른 주지적 이미지(dry hard image)와 난해한 상징만으로 현대시는 독자를 감동시킬 수 없다. 장선은 이 블루 오션을 파고든 것이다.

장선은 불어불문학 전공 문학박사다. 그럼에도 그의 모국어 구사력은 경이로울 만큼 탁월하다. 앞으로 그의 시가 소승적 탈속의 어조에서 대승적 제도중생(濟度衆生)의 차원으로 고양되기를 바란다. 불교는 자연과학이요 상담심리학이다. 거기에 궁극적 구원이 있다는 것과는 다르다. 장선 시의 두 번째 변용이 기대된다.

金奉郡 | 가톨릭대학교 명예교수·문학평론가
시조시인·세계전통시인협회 한국회장

푸른시선 107

풀잎에서 별까지